훗날 훗사람

이사라 시집

문학동네시인선 039 이사라

훗날 훗사람

시인의 말

봄날이 되어도 나타나지 않는 사람들을 위해
꽃다발 한목숨 바치는 것으로 될까!

훗날 훗사람을 위해
우리들 다 바치는 것으로 될까!

그래도, 그러는 사이에도
한세상 또 한세상
말없이 누구나 단풍 들고 낙엽 지고
말없이 봄볕 들고 새순 돋는다는 다정한 말,
나는 믿는다!

첫 울음소리 다시 들리는 날들이다.

2013년 4월
이사라

차례

1부

얼룩

검버섯 피부의 시간이 당신을 지나간다

시간을 다 보낸 얼룩이 지나간다

날이 저물고 아픈 별들이 뜨고
내가 울면
세상에 한 방울 얼룩이 지겠지

우리가 울다 지치면
한 문명도 얼룩이 되고

갓 피어나는 꽃들도 얼룩이 되지

지금 나는
당신의 얼룩진 날들이 나에게 무늬를 입히고
달아나는 걸 본다
모든 것을 사랑하였어도
밤을 떠나는 별처럼 당신이 나를 지나간다

그러다가 어느 날
사라진 문명이 돌연 찾아든 것처럼
내 벽에는 오래된 당신의
벽화가 빛나겠지

천년을 휘돈 나비가 찾아들고

다시 한바탕 시간들 위로 꽃잎 날리고
비 내리고 사랑하고 울고 이끼 끼고

나의 얼룩도
당신처럼 시간을 지나가겠지

분홍 모자

집을 떠나 몇 해를 떠돌며 점점
긴 복도의 그림자가 되어가는 모자

오늘 분홍 모자가 살고 싶어한다
여기를 벗어나 사랑하는 사람들 속에서

노인 요양원 긴 복도 밖의
사람들은 모른다

너무도 고요한 모자
중력도 속도도 고도도 없는
솜털 같은 모자
흐르는 날들을 링거 속에 잠재우고
기록하는 사람에게만 존재하는
숫자 같은 모자

어제는 하얀 모자가 살고 싶어했다
그제는 파랑 모자가 살고 싶어했다

날마다 모자가 꽃잎처럼 떨어지는 봄날을
두 손으로 받아내어
담장 밖으로 날리고 싶다

사랑하는 사람들 속으로   —
훨∼ 훨∼

문병

당신도
반짝이는 눈동자가 흔들리지 않던 기억이 있겠지

다친 무릎을 툭툭 털고
긴 상처의 지퍼를 끌어올리고
시간의 바퀴를 굴려
사람이 되려고 하던 날들

하루하루 구름처럼 엉켜 떠다니고
날마다 잡초처럼 세상으로 뻗어나가고
뒤꿈치 내려앉는 신발들처럼 낡아가서
사람이 되려다 말고

마침내 바닥에 드러누운 사람이 되어버리는
그렇게 희미해져버리는

그런데도 그래도
구르지 않는 상자는 사각의 관이 된다고
식구들은 자고 일어나면
창을 열고
공처럼 굴러가네
저만치

뒤도 돌아보지 않고
그녀를 두고
그를 두고
저만치

유적지 돌바닥을 걷다

대리석 바닥을 문지르고 간 사람들이
사라진 뒤
한낮의 유적지 돌바닥이 반질반질하다

한참을 살다가 사라진 사람 대신 돌바닥이 윤이 난다
또하나의 빛이 바닥에서 올라온다

뒤늦게 드러나는 것들
살다보면 이렇게 보인다
바닥을 사랑하다보면

하늘 어디선가에서 굴러떨어진 듯
오래된 기둥들이 척추이기를 포기하고
붉은 번호로 낙인 찍혀
시간의 사체처럼 누워버린 것들도 보이고
언젠가 부활하게 될 붉은, 핏빛의 여유로운 숙면

오랜 세월의 혀끝은 쓰다
뭉클하게 써도
사라진 것들이 돌아올 길에서
몸을 쓰다듬는 부드러운 빛이
내게도 서서히 다가오는
이런 날

우리가 발바닥으로 느끼며 살아야 할 이유가 있다

밤마다

밤마다
내가 잡았던 무수한 지지대들 틈으로
바람이 든다

허공을 쥐고 태어나
풍선을 쥐고
청춘은 밤마다 굳어버린 이력서를 쓴다

밤마다
비밀문서 전령사처럼
뒤를 돌아보고
불편한 어둠 속의 어둠을 만들다 지친다

밤마다
밤의 구멍이 깊게 파이고
맨홀 뚜껑 덮듯
어느 날
흰 천이 덮일 때
모습을 드러낼 내 밤의 역사

회복중이다

가슴 위로
이맘때쯤 배 한 척 지나가는 일은
숨겨두었던
푸른 눈물에 상처를 내는 일이다

거품처럼 요란한 그 길에서
기억은 포말처럼 날뛰고 뒤집어지는데,
그 위를
물그림자가 가고 있다

눈물 속에서 뿜는 용암 덩어리가 스러지면

모든 길은 떠나거나 흐르거나
칼날 지나간 자국마다
그것을 견딘 힘을 본다

어느새 지워지는 흉터의 길들처럼
아무 일 없던 것처럼
다시는 돌아가지 않을 그 길의
한순간이 잘 아물어 있다

낯선 세계에 잠시 다녀온 듯
낮잠에서 깨어난 듯

폭우

곡비(哭婢)처럼 서럽게 우는 비를 버릴 수 없는
조그만 섬처럼
거친 등을 지니고 잔뜩 웅크린 사람들이
용산역에서 하릴없이
계단 밑을 파고드는 시절을 지나고 있다

멀리 따듯한 손을 놓고 온
깍지 낀 손이
갈래갈래 낯선 길처럼 갈라져 있고
그사이로 철로가 선명하다
하중을 견디는 침목 따라 살아온 이들이 아는 밤들
무수히 비가 쏟아지고
가슴팍으로 물이 고이다가 넘치고
옹이처럼 마디마디가 슬픈 관절이 된다

이 비 개면
무지개 뜨는 행운은 다시 비껴가고
두 눈에 보이는 낡은 것들은 더 낡아가고
두 눈을 벗어나며
날아오른 것들은 더 높게 날아오르겠지

한참을 울던 사람들에게는
등뒤에서 언제나 감당 못할 비가 온다

떠나면 되는 일처럼 그렇게 날들은 가고

한때를 푹 적셔본 사람은
잠결에도 비가 온다

우시장 속눈썹

우시장에 몸 팔러 나온
소의 속눈썹이 슬프도록 길다

긴 속눈썹이
닫히고 열릴 때마다
우리 안에 있던
고삐 매인 소들 느릿느릿 사라진다

텅 비어가는 우시장 위로
하늘에 봉분 가득하다

저기 파르르한 순간들

오늘밤 별빛처럼 속눈썹들이
낙엽처럼 속눈썹들이

그림자

밤 산책하는 길에 그림자가 말을 걸어온다

가끔씩 생각나는 사람처럼 가로등이 드문드문 나를 비춰
줄 때
부피 없는 검은 사랑으로 나타나 나와 놀이를 하자는데

납작한 놀이, 나보다 조금 키가 큰 놀이, 늘었다 줄었다
하는 놀이
심장 뛰는 놀이, 가벼운 놀이, 앞뒤 없는 놀이
놀이는 좀 놀다보면 하나 둘 권태를 꽁무니에 달고
놀이터에서 사라지는데

그러면 나도 놀이처럼 사라지고
그림자는 심장 속에 제 그늘을 드리우고
저 혼자 놀겠지
나를 살리려 하지도 않고

그렇게 밤이 깊어지면 깊어질수록 나를 버린 그림자만 혼
자 바쁘다

낡은 심장

몸도 한때는 탱탱한 나무였다
그 속에서
잎사귀 한 문장 한 문장을 이어
책 한 권을 피우기도 했다
한 오백 년
책갈피 갈피 햇살과 빗물이 스며들듯
주름 같은 나이테
낡아가는 몸에 새기고
차츰
오래된 것도 버릴 수 없는 사람들처럼
숲을 뒤지며 헤매는 날들이 간다

어느새
한 그루 나무가 뼈 숭숭 뚫린 잎을 무성히 달고 서 있다

골목은 막다른 골목으로 이어지고
이제 헌책방 가는 길로 접어들어
닳고 닳은 사람의 지문들이
몸속에서 조용히 웃는 날이 오리라

그럴 즈음
생의 깊이를 알 듯 말 듯
헌 몸이 빛이 날까

오래 기다린 사람과 만날 날이 오고 있는 것이다

사이의 미학

내가 만난 가장 가슴 아픈 사람
어찌어찌하다
마음 화상을 입은 그 사람
파르르 떨릴 속눈썹이 없는 그 사람

창밖과 창 안의 사이
마음과 마음의 사이
사이의 미학은
이쪽저쪽이
피붙이들처럼 꼭 붙어 있는 것인데

눈을 감아도 피안과 차안 사이에서
차마 떨 수도 없는 그 사람

그늘

한나절이라도 살고 싶어

그늘을 찾아갔더니

그늘 망에 걸린 햇볕이
바람과 한데 엉켜

담쟁이처럼 내 몸을 기어오르려 하네

아직 사랑하는 사람이라 하면서

흡반으로 나를 감아 안으려 하네

허공 속에서 두근거리는 심장들

한 남자가 문을 열고 나온다
액자를 열고 나온다
집밖의 거리는
온통 햇빛
남자는 손가락으로 햇빛을 주무르며
햇빛 부풀어오르는 냄새를 맡는다

한 여자가 문을 열고 들어간다
액자를 열고 들어간다
집 안의 먼지는
온통 잿빛
그녀의 그림자를 따라온 바람은
손바닥만한 베란다에서 멈추고
먼지 속으로 그녀는 다시 들어간다

그들이 살아가는 침묵은
너무도 익숙해
그래도 마음의 걸음
걸어가고 싶어
덜커덩, 액자가 닫히는 일 없이

서로 끈적거리는
허공의 집, 싸이월드

허공의 끈, 페이스북
허공의 속달 편지, 트위터

허공 속에서 두근거리는
심장들
액자 틈에서 붉다

밤새

콩콩콩

밤새
콩을 불린다

콩들은 무아지경으로 춤추며
둥글게 더 둥글게 몸을 만들어
물 가득 품은 공이 된다
공은 밤새 들판을 굴러다닌다

밤새
콩콩콩 바닥 치면서 살아온 사람
저기 한 사람
저기 또 한 사람

낡아가는 엄마들이 지켜온
부엌에 밤새
찾아오는 저 싱싱한 들판

낙조

당신을 떠나올 때
불그스레 웃었던 것이 지금 생각해보면 다행스럽다
떠나올 때처럼 다시 당신에게 갈 수 있을까
나는 다시 갈 줄 정말 몰랐던 것일까

사람은 사람에게 매달리고
구름은 하늘에 매달리고 싶어한다
사과밭에서 사과나무는 사과를 꽃피우고
그리고
사과상자 속의 사과가 되어
붉은 얼굴로 나는 다시 당신에게 간다

마치 오천 년 전의 은팔찌 하나가
박물관 속 낙조 같은 조명 속에서
오늘을 껴안는 것처럼

그의 나무

그는 날마다 그의 나무를 타고 오르내린다

그의 나무는 하늘을 찌를 듯 길고 높다
꼭대기에는 푸른 잎들이 세상처럼 펼쳐 있다
사람들이 옥상이라고 부르는 꼭대기가
가끔 헬리콥터 비상착륙지가 되기도 한다

그의 나무는 수평으로 나이테를 만들지 않고
수직으로 만든다
엘리베이터라고 가끔씩 불리는 그의 나무는
속이 비어 있어
속 빈 대나무라고 착각되기도 한다

오늘도 그는 한 층 한 층 나무를 탄다
집에서 직장에서
한 층 한 층 설 때마다
비상계단 없는 삶을 생각한다

죽도록
그가 하는 일이란
그의 나무 꼭대기에 달린
달디단 열매를 향해
두 팔의 지름을 넓혀 활을 쏘는 일

그러다보면
그의 나무는 그의 머릿속에서 자라는 것처럼 보인다
그리고 어느 날에는 가슴 쓰라리게
그가 몸통 속을 타고
다니고 있다

4층의 비너스들

드문드문 갈 길이 보이지 않는 것은 아니지만
날이 저물면 새들도 멈추지 않는 그 길
살다보면 웃을 수도 없는 그 길에
양팔 묶인 비너스들이
누워 있다

그녀가 자꾸 기침을 한다
식도와 기도 사이에서
사레처럼 되어버린 그녀

집이 아니면 모든 길은 허공인데
안개 속에 안긴 채
그녀는
유리창 투명한 생의 담벼락에서
무성한 넝쿨처럼 매달리고 싶어
입속의 푸른 말들 쉴새없이 뱉어내고 싶어
복도 쪽으로 얼굴 돌리는데

꿈속의 꿈속의 꿈을 꾸는
힘 놓친 손들이
허공 속의 세상을 쓰다듬는다

군데군데 칠이 벗겨진

얼룩덜룩한 비너스들   —

너싱 홈
담장 너머 차량 소음이 심장박동 소리라고
그녀는 자꾸 내려앉는 눈꺼풀을 닫으며
듣는다

오래 쓴 망막들

천장에 매달린 오래 쓴 전구를 바꾸는데
내 눈이 자꾸 깜빡인다
이제라도
두 손을 높이 들어 공손히 떠받들면
망막의 염증으로 금세 어두워지는
시야를 달고 사는 사람도
빛바랜 것들 바꾸기만 하면
빛나는 것처럼
눈 밝아지는 것일까?

잠시 바꿔 낄 수 있는 것들에 대해 생각하는데
하루살이들이 전구 속에 죽어 있어
다시 생각을 고쳐본다
우리도 하루살이들
곧 이렇게 되는데
그런데 정말 밝을수록 더 좋은 걸까
나는 더 빨리 빨려들 텐데

희미한 옛 연인들 달무리처럼 번지는
날들이 가고 있는데

더는 입을 수 없는
보풀 이는 생의 보물들 뜯으며

더이상 입을 수 없을 때까지
내 생의 시야에 매달려 덜컹거리는 낯익은 보풀들
부드러워진 보풀들
낡은 간판 갈듯 바꿔 달 수 있는 걸까

전구는 망막이 되고 망막은 보풀이 되고
나는 두 손을 공손히 내린다
밤은 점점 어두워지는데

마지막 꽃집

한 무리의 꽃들이
도심 곳곳
빈방에 누워 있네
꽃들은 어딘지 아파

눈물에 젖으려 해도 젖지 않고
말하려 해도 입다문 입술
그 위로 날들의 그림자 지네
그동안 고마워 사랑해
온갖 말 잊어버리고
입안의 묵언이 내장을 타고
마지막 배설로 몸 떠날 때까지
마른 입술만 남은
플라스틱 꽃들
모든 꽃들은 시들면 죽는데
더 시들지도 못하고 죽지도 않네

솟대 끝에서
하늘 가까이 날아갈 새가 될 때까지
마지막 시간을 보내는 꽃들
입안에서 주문을 굴리는 날이 많아지고
어느새
빈방이 한 송이 꽃처럼 피어나네

포구 사람들

사람들이 자갈로 모여 산다
포구에서는

파도에 맞서 어깨뼈끼리 부딪치며
단단하게 산다
포구에서는

한순간도 등대가 되어보지 않은
사람이 없다
포구에서는

물새는 바다 표면을 훑으며
생각따라 오가는데
사람들은 이 짧은 세상을
발 푹푹 빠지며
생각 속에 산다

포구에서 사는 사람들은

어느 무심한 날 정박한 채 부서지는 날들
가슴 한편에 묻어두고
지나가는 바람 같은 날들 흘려보내고
닻 내리는 사람들로 산다

훗날 훗사람

떠나온 골목에서
피는 목련을 두고 왔다는 먼 소리가 들린다

밤에는 얼고 낮에는 녹던 많은 기억들이
묵묵히 걸어왔는데
이제 기억이 터트린 말들이
골목을 향해 간다

소리의 끝에 매달린
속말들이 문을 열고
그 끝에서
자신의 제단을 오른다

골목은 그곳에서 떠난 사람이
훗날 훗사람이 되어 오리라는 것을
기다려왔던 것일까

제단 위에 벌써
바람이 불고 허공이 차려진다

목련이 지면
피는 목련을 두고 왔다는
그 소리도

제단 위에서
구름빛으로 사라지겠지

훗날 훗사람이 또 태어나길 기약하겠지

2부

뒷길

소리 없이 눈이 퍼붓던 날
길들이 길들 아니고
건널목이 건널목 아니고
발자국이 발자국 아닌 날
병실도 사라지고
집도 사라지고
새들도 비상계단을 오르내리는 날

이렇게 고요한 흰 바탕을 앞에 두고
나는 바탕 아래의 길로 접어든다
말없이 걷고 또 걷다보면
천년만년 녹지 않는 눈의 빛들이 있어
언젠가는 나를 하얗게 반사하고
그러면 나는 반사의 힘을 빌려
뒷심을 낼 수 있다고 생각한다
오늘처럼 하얀 등을 보이며
하루하루가 돌아갈 때
잘 달리던 구름이 멈춰 설 때
밥을 먹다 말고 홀연히
당신처럼 밥술을 놓을 때

흰 바탕 아래에서 저 혼자 한참을 부풀다가
그 부푼 힘으로 걸어가는 날의

뒷길 —

노란 신호등

길 위의 시간이 점점 짧아지는 사람들
노랑나비 등에 실려 허공을 떠다녀요

엄, 마, 엄, 마,
사거리 신호등에 걸려 자주 멈추는
봄날이 가요

갈까 말까 생각하는 봄날이
혼잣말 중얼거리는 봄날이
언제 길을 건널까?

안개처럼 피는 안개꽃처럼
다발다발 생각이 뿌연 오후처럼
길 건너다 말고 서서
등뒤에 두고 온 노인 병동을 노랗게 쳐다봐요

성곽 같던 집이 한세월에 반쯤 무너져내리고
그래도 살아 있으면 누구든, 어떻게든
살아갈 힘을 얻는다는데
엄, 마, 엄, 마,
건널목 사이에서
몇 개의 첨대 속 노란 꽃잎들
종이 기저귀를 찬

굵은 주름의 손바닥들이
다시 날지 못하는 날개로 누워 있어요

생각이 길어질수록
생이 길어질수록
마지막쯤에선 몸 뒤척이는 깃발처럼 펄럭이는 걸까?

흔들거리는 봄날
노란 건널목 허공을 나는 나비들이 아른거리는데
사거리 신호등이 아직도 점멸하네요
덜컹거리는 엄, 마, 엄, 마,

한세상

세상 어디에도 그림자를 만들지 않는 새가
떼를 이루어 칼날처럼 지나간다
하늘이 한순간 베인다

잠시 후 베인 흔적이 서로를 껴안고 아무는 동안
땅에서는 기차가 다리 위를 지나간다

선로 따라 침목의 침묵도 지나
강물 속으로 무거운 굉음을 내려놓는다
굉음이 어느덧 세상에서 사라진다

우리도 이렇게 새처럼 흔적을 지우고 사는 동안

그래도 날마다 바람이 불고
어느 왕조는 무너지고
어느 마을의 사람은 한순간 지진으로
터전을 잃고 흙으로 돌아간다

베일 쓴 여인처럼 역사는 날마다 신비한데

내가 뒤돌아보는 길에 만나는 것들은
어느새 어디를 다녀온 것일까

어떤 나라

이렇게 힘없이 누워
그때를 떠올리면 모두가 기억인,
뒤꿈치 단단해지고 갈라지고 피 터지던
시간들

그때는 이미 흐릿하거나 지워지고
다인실(多人室) 병실에는 그림자만 누워 있지
제 그림자 속에 자기를 눕히고
이제 다시는 그 누구도 꺼낼 수 없을 것 같아

다만
편자를 달고 흙먼지 날렸던 트랙이나
요람 속 흔들의자의 리듬들
이곳에 그저 두고
갈 사람은 가고
새 아이들 다시 태어나는 길 끝에서

나는 다만 귀 씻고 사뿐히 벗어날 뿐

저 탈신(脫身)의 현장
그곳 그림자 나라

느린 이별

또 한없이 느리게 햇살이 복도에 머문다
시간은 사라진 지 오래고
복도의 어디에도 복도의 그림자는 없다

기다랗고 물기 없는 바게트를 손에 쥐고
느리게 빵을 뜯으며
게처럼 복도를 걷는다

햇살이 펼쳐놓은 복도 속으로
빵과 함께 들어가서
복도를 품으면
사라진 시간이 돌아올까?

해 질 무렵부터
집은 저 복도의 끝 어딘가에서 혼자 부풀겠지
병원은 저 복도 끝 어딘가에서 혼자 부풀겠지
복도도 그렇게 또 햇살을 건너가겠지

햇살이 주무르던 모든 것들 멈추고
세상은 밤새 발효가 시작되고

사랑해서
하루라도 못 보면 안 될 것같이

마치 그렇게 하다보면 정말 만날 수 있는 것처럼
느리게 정말 느리게
사랑이란 말 정말 느리게
안녕히 가라는 말 정말 느리게

시간이 사라진 복도에서
게걸음으로 느리게
더 느리게 헤어지는 우리들

옆집 가장

햇빛 한줌, 물 몇 방울만 있으면
다시 살아나는 겨우살이처럼
훗날을 기약하는 백수 가장
지금 실업수당 받으러 집 나서는
젊은 뒷그림자가 유난히 검다

옆집 가장은
저도 모르게 튕겨져나오게 된 저기 저
정글게임장의 원리를 잘 모른다
아직도 닭 부리 쪼는 사람들이 북적거리는 세상에서
잘사는 법을 모른다
그저 오늘 거리에서 서성이는 겁먹은 젊은 눈동자가
겨울 날씨처럼 흐릿하다

훈기 찾아 제 입김 불어보지만
아내의 쪼그라든 스웨터처럼
허공에서 형편없이 오그라들었다는데
오늘 아침도 늦잠 자고 심신을 뒹구는 사이
둘째 아이는 학원까지 다녀와
자기 방문을 쾅, 닫았다는데
쾅, 마음마저 부서져버린 어제가 있었다는데

밤에도 못 꾸는 꿈을 빙판길에서 꾸어보는

저 남자의 뒤를
옆집 사는 죄로
왜 나는 자꾸만 따라가는가
미끄러지며 헛발질하며 저 남자
일몰을 목에 감고 사라지는데

산에서는 뿌리내리는 것들도 산다

산에서는 나무처럼 뿌리 있는 것들이 산다

그런데 그 산에 오르는 사람
조난당해 동상 걸린 몇 손가락을 잃고도
다시 매달리고 기어올라
정상에 오른 날
산은 자기 품을 내어주고
사람은 품 밖에서 품안으로 안기며
마침내 산에 뿌리를 내린다

나무처럼 뿌리가 박히면
계곡을 흐르는 물
바람과 구름
다람쥐와 솔개
그렇게 뿌리 없는 것들과 함께 있을 수 있다는 것을
사람은 안다

뿌리가 없어도 산에 오르면
자기를 꽃피우고 열매 맺고 단풍 들고 낙엽이 된다
뿌리 없는 것들도 뿌리 있는 것처럼 산다

산에서는 사람처럼 뿌리내리는 것들도 산다

애벌레

대형 약국 앞에서 그녀가 꽃을 팔고 있다
인도를 점령한 그녀의 영토에서 근근이 생계가 피어난다
새벽 시장에서 떼어온 꽃들
맹추위에 얼기 직전이지만
그녀의 밑바닥에서 피어오르는 하루 몫의 무지개다
한 꽃, 두 꽃 무지개가 사라지는 동안
신문지에 둘둘 말린 꽃다발처럼
그녀는 두꺼운 외투에 말려 작은 애벌레가 된다
고치처럼
몇 개의 콘크리트 블록이
블록의 세상을 벗어나
대형 약국 앞에
그녀의 궁전을 세운다
대형 유리문에 황혼이 드나들 즈음
약효 떨어진 약처럼
아직 사라지지 않은 무지개 가닥 몇 개
칼바람 앞에서 주섬주섬 두꺼운 궁전으로 기어든다
그 궁전 비록 동그마니 얼어 있어도
밤이 지나면
또 새벽 꽃 같은 생애가 피어나리라

어떤 바퀴의 외출

수동 휠체어가 느릿느릿 건물 밖으로 나온다
바퀴만 보이고 사람은 희미하다

세상 끝자락을 움켜쥔 바퀴 속에서
희미한 사람이
커다란 꽃무늬 모포를 어깨에 뒤집어쓰고
이승에 간신히 실려 있다

모포 속에서 꽃은 저 혼자 피었다 졌다
수천 번의 시간을 보내며 뭉개지고 있다

다 뭉개진 꽃 그림자 같은 그녀가
외출을 한다
낙조가 시작된 지 오래
겨울도 시작된 지 오래
다만, 오늘, 잠시나마
집으로 가려는 것인데

어릴 적에는 예쁜 처녀였고
한때는 집의 여제였고
지금은 구립노인요양원 소속의 휠체어를 탄 그녀가
집 아닌 집에서
눈을 뜨고 감고

낡은 몸이 강물처럼 흐느적거리던 지난 몇 해를 기억이
나 할까

오늘은 크리스마스이브
외출허가증을 받은 그녀가
한줌 흰 눈으로 내리는 저녁

얼마나 오래 걸릴지는 몰라도
누군가 휠체어 속에서 그녀를 끝내 발굴해내기까지
그녀는 침묵으로
놓칠 수 없는 손아귀 속의 바퀴를
굴리고 또 굴리는 것인가

김을 쐬는 사람들이 있는 겨울 풍경

매서운 겨울
시장 한 귀퉁이에서
찜통의 뚜껑이 열리자
솟구치는 수증기

혼자서도 잘 노는 혀처럼
숨차게 달려온 시간이
여기 찜통에서
마침내 숨을 내쉰다

휴~~~

내쏟는 숨이
곧 누군가에게는 따스한 김이 되려나

사는 날들이 매일 김이 서리는 것도 아닌데

한겨울에 솟구쳐서
다른 한 시절 사라지는 것인데

휴~~~

흡~~~

내 숨을 참으며
쩜통에 머물고 싶은 매서운 저녁

옛 공터

마음 쓸리며 다치며 어리석게 살다보면
등뒤로 돌아서서
오던 길 다시 가고 싶다
멀리서 끌어당기는 첫 눈길 따라가서
지금은 흔적도 없어진 옛 공터에 몸 뒹굴고 싶다

뒷길은 기억의 끝에서 기다려준다
사라지지 않고 언제나 그렇게 웃어준다
그러면 어느 역이건 내려서
중앙시장의 중앙을 지나
어느 골목이어도 좋을 골목길로 접어든다
지친 눈 안으로
스르르 공터가 들어오고
마음에 새긴 사방치기 금이
거기서 아직 희미하게 내 몸안에 금을 긋는다

동쪽으로 가면 동쪽의 공터
서쪽으로 가면 서쪽의 공터
그동안 채워진 것은
햇살에 변색되어버린
아무것도 감출 수 없는 시간의 몸뚱이

되돌아올 발끝에서

발길에 채이기를 기다려 그동안 길게 누워 있던
낡은 명패 같은
마음 부드러운 그 빈터에
아무 말없이 나는
또하나 공터를 심는다

대바늘 이야기

햇살 그리운 창가에서
당신과 나는
두 개의 날카로운 송곳니로 만나
부드러운 털실 속으로 드나들며 생을 교차시킨다

그렇게 한 코 한 코 살다보면
서로의
털모자 되고 장갑 되고 목도리 되고
차가운 날들이 금세 따스하게 덥혀지겠지

한줌의 세상이 둥글게 굴러가겠지

그리고 또다른 당신과 내가 태어나고
또다시 햇살 드리운 창가에 다가앉아
둥근 이마를 부딪쳐가며
한 시절의 털 뭉치에 조금씩 엉켜들겠지

한마디 한마디 조그만 햇살들을 나누면서

하품하는 나무

숲을 이룬 나무들이
저마다 잎사귀들을 흔드네

한 시절 서로 아프지 않게 시끄럽지 않게
사랑스럽게 다독이며
속삭이네

이번 생애
뿌리의 세계와 잎사귀의 세계
그 몸통에서 무슨 일이 있었는지
어떤 바람을 받아들였는지
죽었다가 살아난 순간이 있었는지

그들의 말을 들으려고
다가가면
나무는 말 대신 긴 하품을 하네
하품 속에서 말들이 앞다투며 부서지고

내 발 위로 수북하게 쌓이는
낙엽이 되네

공원 가는 길

내 집은 왜 공원에 있을까?
일 년에 한 번씩 찾아가는 집이 푸르다
잔디는 곱게 깎여 둥근 지붕을 더 둥글게 하고
대문은 언제나 정답게 누워 있다
울타리는 처음부터 없고
문패는 차갑게 돌로 서 있다
왜 내 집은 따뜻한 구들장도 없고
김이 나는 부엌도 없고
걸터앉을 툇마루도 없는 것일까?
아버지들은 얼굴이 없으시고
전해줄 말도 없으시고
부드럽지도 않으시고

한 모퉁이 공원에서 멈추어야 하는 집

아무도 여길 고향이라고 말한 적은 없지만
콧물 훌쩍이며 울던 어린 것들 누구라도 안다
집은 그런 거라고
아니라 해도 그런 거라고

현충일의 아침은 10시부터 시작되고
그 이전의 시간은
마음 뒤집히고 또 뒤집히면서도

찾아갈 곳이 있어 밤새
두근거리는 시간이다

둥근 반지 속으로

봄볕이 내려앉는 창가에서
이렇게 서로 마주보고 있으면
두 사람인 듯 한 사람인 듯
눈동자 속에 둥근 집 한 채 짓고
눈빛 속에 눈물 속에
눈뜬 꿈 둥글게 두고 싶다

둥근 세상과 한몸으로 철철이 물들어
눈 밖에 나는 일 없으면 좋겠다

딱딱한 것 깨고 나와
알고도 모르는 척 다시 세상 살면서
온 마음이 온 마음에게 부딪쳐도 즐겁게 쓸리는
여느 봄날같이
가지 끝의 연륜이 가벼울수록 팔랑팔랑 안타까운 봄날같이
사랑했던 사람들 다시 파릇한 봉분에서 피어오르는 봄날
같이

이렇게 둥근 눈으로 마주보며
말못하고 피 마르는 고통도
오래될수록
씨눈 된다는 말, 이젠 믿는다
사랑은 말없이 둥글다며

누구나 말없이 단풍 들고 낙엽 지고
누구나 말없이 봄볕 들고 새순 돋는다는 말, 정말 믿는다

둥글게 세상 담은 반지 속으로
사람들 자꾸 들어간다

순장

그 여인은 어디 갔을까?
뼈마디 몇 개를 남겨두고
출구 없는 마지막 길에서
그녀는 어디로 숨어버린 것일까?
주인의 일생처럼 넓지도 깊지도 않았을 그녀
주인 무덤 가까이 순장한 말들의 뼈처럼
오랫동안 흙속에 묻혀 있다가 이제야 드러나는데
그 여인은 도대체 어디 갔을까?
부장품으로 산 시간조차 모자라서
기절당한 채 산 채로 묻혀야 했던
그때 그 말못할 흐느낌들
말들의 말없는 울음소리와 함께
그녀는 어디로 갔을까?

어느 사이 우리도 거대한 미로 속에 들어서서
잠자고 있었다
뒤집혀야 할 시간이 오고 있는 것을
나는 몰랐던 걸까?
끝내 어떤 것도 묻혀 지낼 수는 없었던 것을
너는 몰랐던 것일까?
발설과 모독 사이의 길을 가는
곡괭이 든 그림자도 언젠가는 발굴되리라는 것을

신도시가 들어설 것이라는 뉴스 자막이 뜨고
　흙더미를 쏟아내고 있는 포클레인이 손아귀를 길게 뒤집
는데
　나도 너도 그냥 태어난 것이 아닌가보다
　우리 같은 것들이 계속 발굴되고 있는 세상
　지층 몇 겁(劫)의 흙더미에서 꺼내지는
　저기 저 존재들

플라멩코 그 여자

지구의 저편
한밤의 무대에서
좁은 어깨의 그 여자가
어쩔 수 없는 슬픔의 자락
한끝을 말아쥐며 구두 끝을 쿵쿵 내리찧을 때
지구의 이편
밤잠 설치며 그 소리 듣는 아픈 귀를 가진
사람 하나도 있었네

집시 여자 그 여자
붉은 레이스 펄럭이는 치맛단 속에
바람의 딸처럼 살아온
길거리의 먼지 가득했네

웃고 있지만
웃는 것이 아닌 그 여자
국경도 여권도 집도
낡고 커다란 가방 속에는 없었네
바람만 가득 든 가방 들고 지구를 따라 도는 가벼운 여자
뜨거운 심장을 감당 못해
밤낮으로 혼자 흥얼거리며
법(法)보다는 리듬으로 사는 여자 그 여자

스페인에서 루마니아에서 그리고
내 안에서 만난 여자
어쩌면 당신 안의 여자

사랑도 분노도 플라멩코로 추면서
반딧불 같은 여자 그 여자
세상의 밤을 아름답게 떠다니네

꽃가루처럼

눈이 아팠다
코가 매웠다
말이 없었다
이 들판에 이르기까지

어느 순간 멈춘 시간이 그림자로 어른거리지만
헤매었던 어느 기억에서
추운 날 내벽에 결로(結露)처럼 방울방울 맺혀 있던 것들
쉽게 지울 수 없던 눈사람 같던 것들
날마다 산을 타듯 살아
등산은 이루는 것이고 하산은 완성하는 것이라고
영하의 시절을 한 발 한 발 걸어
이 들판에 이르기까지

한쪽 귀를 열어서
말발굽처럼 몰려오는 저 지독한 바람 소리를
담아버리며
이 들판에 이르기까지

나선형으로 파고들어오는 슬픔을
몸속에서 키워내 햇볕에 널기까지

생각하면

자꾸 생각하면   —
참 가벼운 발걸음이었다 꽃가루처럼

세상의 창 안에는

그는 요즘 날마다 발바닥을 내게 보인다
발의 바닥을 보인다
그의 바닥이 이제는 공중이다

노인 요양원 창밖에서
공중으로 나는 새들이 가끔 창 안을 들여다보고

평생 발의 바닥이 든든했던 기억도 놓친 채
발보다 먼저 오래된 몸이 눕는
시간이 오고
그는 다시는 걸을 일 없는 삶을 시작한다

밤에도 새들은 창 안을 기웃거리고

밤낮을 허공으로 향하는 그의 바닥이
곰 발바닥처럼 갈래갈래 시큼하다
내 눈시울도 그렇게 젖어든다

누구도 피할 수 없는
몽롱한 시간이 지나가는 한세월이 간다
눈을 뜨면 헛것에 둘러싸이는
그의 기억이 거칠기만 한 것은 아닐 것이다
사랑한다 사랑한다

발바닥으로 쓰다듬던 반질반질한 사랑으로
사람으로 살려 애썼던 그 동굴로
그의 발바닥이
날아가고 있는 시간들이리라

언젠가는 먼길 가는 새들처럼
떠나야 하는 발바닥들이
있는 것이다
세상의 창 안에는

밥숟가락

식탁 위에 놓인 밥숟가락이
한 덩이씩 생을 담고 나를 기다려요

아주 조그만 한입의 생은 제 목이 멜 때까지
나를 기다려줘요

차지게 서로 뭉치면서 사는 밥알들처럼
세상에서 미끄러지지 않으려고
반쯤 둥글게 몸을 웅크리며 나는 살아가요

밥숟가락 안의 생은 모든 것을 반원이거나 둥글게 만들죠

한 덩이씩의 생이 어쩌다가 움푹 파인 구덩이에서
잘못 미끄러지기 시작하면 끝도 없죠

하나둘 밥술 놓고 떠나는 사람들을 곁에 두고도
밥숟가락은 나를 기다려줘요

밥 한술의 기억조차
돌아갈 수 있는 길에서 멀어지고
낯익었던 풍경에서 흐릿하고
풋풋했던 살냄새에서 흩어져
밥숟가락 안에서 머리 부딪치며 흔들렸던 기억

오월의 기억, 사랑스러운 기억
이런 모든 것이 고요해지면

그래요
밥숟가락이 봉분이 되고
당신들 무덤이 세상의 밥숟가락이 되어
나를 기다려줘요

곡기

내가 사랑하는 저 사람
곡기를 끊고 누워버린 지 오래

감기처럼
용기처럼
곡기에는 무언지 뜨겁고 서늘한 기운이 도네
음식이 곡기인데
곡기라는 말에는
신이 조금은 더 손을 내밀고 있는 것 같아

내가 아무리 사랑해도
사랑하는 저 사람
내가 아무리 사랑해도
저 혼자 뜨겁고 서늘하네

한 사람의 생이 식도(食道) 앞에서 길을 잃는데
나는 하릴없이
끼니를 두 배나 더 먹은 포만감에 시달리면서
밥에 관하여
빵에 관하여
혹은 쌀에 관하여
밀에 관하여
사랑하는 사람의 사랑에 관하여

곡기에 관하여
식도에 관하여
뜬눈으로 밤을 바쳐 읽고 또 읽네

내가 사랑하는 사람을 읽고 또 읽네

섬

초원에 점점이 섬이 있다

섬들 사이로 양들이 고개 숙이고
먹이를 찾아다닌다

초지가 사라지면
섬이 초원에서 초원으로 옮겨다닌다

끝도 기약도 없이 먹이를 찾다가
먹이보다 먼저 섬이 낡아간다

한 사람 한 사람도 오래도록 그렇게 낡아간다

초원의 모래바람에 섬이 깎여가듯
몸을 깎아가며 살아온 길이 보이는 사람들이
모서리 없이 둥근
또 한 점
섬이 된다

3부

그 애인

어느 날 애인을 잃어버린 적이 있을 것이다
애인은 언제나 감쪽같이 사라진다
애인이라는 이름이 낯설어지고
나를 삼킬 마지막 해일이 덮치면
사라진 애인은 나를 비껴가며 사라진다

어느 날 그 애인은 돌아올 것이다
언제나 그렇듯이 말없이 돌아온다
그러나 애인이라는 이름은 여전히 낯설고
나는 또 한번 해일에 휩쓸린다
돌아온 애인은 이미 그 애인이 되어 있고
내 안에서 저 멀리
수평선처럼 하나의 금으로 남아 있을 것이다

자립

세상 한 모퉁이에서
바늘구멍보다 작은 구멍으로
몸 내밀어본 사람은
어느 하늘이라도
날 수 있네
굳이 번데기가 아니더라도

해일 일고 산불 일고 허공마저 소란했던 시절
비밀문서라도 되듯
네가 죽도록 힘쓰고 애썼던 순간들이
가장 어두울 때
너를 쓰러뜨릴 것만 같던
길, 통로, 노선 들이 구멍 찾아 들어가고
아슬아슬하게
위로의 시절을 잘 지날 수 있게 하네
잔디 푸르게 돋는 날이 아니더라도

세상 한 모퉁이의 나비 사람들
늦은 오후의 모든 신호들

낯선, 오래된 카페

오래전 집을 떠난 사람들이 발끝에 차이는 햇살과 먼지와
바람과 함께 앉아 쉰다

보호막이던 속눈썹은 어디서 나를 기다리는지 오후는 깊
어가고

옆 좌석 이방인의 부드러운 억양을 한잔 혀끝에 적시고

무너진 유적 근처에서 텅 빈 마음이 헐렁하게 구름 따라
흐르는데

누구나 푸르게 산 날들 있어도
카페 입구에 놓인 오래된 항아리 속에
지금은 아무것도 들어 있지 않다는 것을
그냥 느낀다

느끼다가 돌아가라고, 돌아가는 때를 아는 톱니바퀴에
실려
서서히 다가오는 저 노을이 빛을 낼 때
너의 노을 속을 내가 걸을지, 나의 노을 속을 네가 걸을지
카페에 내려앉는 이 고요를
달콤하면서도 무거운 눈꺼풀 위에 올려놓는다

결

세상에는
아름다운 사람들이 많다

깃털 같은 마음으로
사막에 집을 짓는 건축가도 있다
눈빛 속에 사람을 심는 예술가도 있다

태어나서 무엇을 그렇게 생각하는지
어디든 지붕만 얹으면 살아나는 것이 집이라며

물이 물결을 만들듯이
나무가 나뭇결을 만들듯이
결이 보일 때까지 느긋하게 살면서
사람결을 만드는 사람들도 있다

지붕 고치듯 마음만 고치면
몇백 년을 훌쩍 넘긴 마음도 가질 수 있다

옆 사람

예술극장 옆
골목의 종이 집에서
가느다랗게 새어나오는 신음 소리
보도블록의 한기(寒氣)에
태아의 잠을 자는 사람의 나라는
언제나 옆 골목에 있지
돌아갈 자궁 없이 사람들은 저마다
한세상을 지나는데
겨울 살림에는
한 장의 골판지나 신문지도 인정처럼 따듯하지

눈을 낮게 내리깔고 걸으면
길 위에 누워 있는 사람들 더 잘 보이고
낮게 나는 새들이 내려다보는 사람의 나라가
더 잘 보이고
사람 속의 사람들 더 잘 보이고

극장 속에서는
사람들끼리 부딪쳐도 아프지 않은데
발바닥을 세상에 들키고 드러누운
칼바람 속의 저 남자는 혼자서도 아프네
왜 허공만이 바닥이 되고 집이 되는지
속삭여주는

새처럼   —

옆 사람 옆에 나 서 있네

여운

영화처럼 산 주인공의 삶이 끝나고 도움을 주신 분들의
삶도 끝나고

이제
영화관 출구에서 팝콘처럼 쏟아지는 사람들
한껏 부푼 기억의 쪼그라든 알갱이들에게
돌아갈 집이란 어쩐지 멀고
정처 없이 내딛는 보폭 사이에서 한 편의 뜨거운 강물이
흐른다

못된 사랑이었든 착한 사랑이었든
우리에게 스며든 한줄기 사랑에 힘입어
우리들은 이제 후렴처럼 거리에 남겨져
이 강물의 끝이 슬픈 종말이어도 괜찮고
해피엔딩이어도 괜찮다
격렬했던 좀 전의 주제와 상관없이
한없이 느슨해지는 그런 날의 저녁

기억해보면
스크린의 심연에서부터 빠른 자막이 올라오면서
끝을 마감하듯
그렇게 흔적도 없이 사라질 행인 9쯤이 찾아드는 저녁

한 생을 건너온
한 척의 배가 이리 흔들리고 저리 기울면서
가벼운 멀미를 하며 아름다운 황혼을 넘어가고

영화 밖에서도 상영되는 우리들의 끝없는 강물이
온 힘을 다해 붉어지고 있는 그런 날의 저녁도 있는 것
이다

손

손등으로 수맥 지나고
손바닥으로 샛강 흐르고
두 세상이 흐르는 건 하나인데

허공 속에서
손바닥 두 개를 펼쳐본다
너무도 많은 금들과 주름과 지문들이
어지럽다
두 손이 서로를 놓고 가만히 두고 있으면
안으로 굽어드는 본성
자꾸만 움켜쥐려 한다
단순하지 않은 세상이 그곳에 있다

그러다 손바닥 두 개를 겹쳐보면
손안의 세상이 보이지 않는다
그것을 기도라고 이름 부르며 사는 사람들도
지금 한세상을 건넌다
손안의 세상이 안 보이니
참으로 겸손해진다

허공 속에서 구름 몇 점이 뭉쳐진들
어떠리

음식 신화

밥그릇 속으로
한 여자가 죽을 기운 다해 달려와 쓰러지네
둥글고 조그맣게 죽음이 뭉쳐지고
그녀는 사라지네
마침내 밥알이 된 그녀
뼈의 화석이 말랑말랑해진 그녀
밥의 세상을 만들었네

태초는 가고 없어도
지금도 그녀는 살신(殺身)을 하고
허기진 배를 불리는 마을은 계속 태어나고
그녀는 언제나 밥이 되고
창문 너머 홀로 아름다운 곡창(穀倉)이 되네

당신도 배고프지?
지금도 배고프지?
예쁜 그녀가
나에게도 달려와 한입 내어주네

물든 생각

수천 년 물들여진 염색공장 가는 길은
좁고 구부러진 골목들로 이어집니다
이런 골목들은 미로를 낳고
미로는 언제나 생각을 낳습니다

오랜 가난이 묻어나는 그 길 가는 길에
어린 일꾼들이 할당된 오랜 슬픔을
염색하고 있습니다
슬픔의 장치는
염색물이 고인 벌집 구덩이들처럼 꿈틀댑니다
피부를 뚫고 가슴속에 자라나는
벌집 같은 기억들도 염색되는지
창공에 널리는 것들 모두
골목의 그늘을 비의(悲意)처럼 드리우고
미로를 지나갑니다
여인의 손아귀 속에 손목 잡힌 저 아이도
미로 속 골목의 아이로 자라서
금세 한몫을 하는 일꾼으로 염색될 것입니다
색색으로 물든 빛깔을
햇살에 너는 것을 보면서
염색공장 가는 길에
나는 자주 자주 멈추어 서서
길마저 염색되는 지표(地表)에 관한 생각들을 건져올립

니다
  길을 빠져나오기까지 참 오랜 시간들도
  물들어 있습니다

길 위의 길

엉켜버린 길은
사실은 한 길인데
언제나 저만큼 저기 있는 너와
여기 있는 나 사이에서
길이란 길은
바람 불고 번개 치고 풍랑 이는 곳의 마지막 밤처럼
더 까맣고 더 뜨겁다

길은 한 길인데
떠나는 사람들, 생각들, 오류들, 길 위의 무질서들
일요일처럼 햇살들 쉬엄쉬엄
텅 빈 곳을 둥둥 떠다닌다
가만히 나뭇잎에 내려앉는 햇살처럼 어떤 햇살이든 나뭇
잎들을
지독히 사랑하여
한 길의 사람들에게
나뭇잎 커다란 그늘을 내준다

그러면 다시
옛 도시 옛 사람의 냄새 속을 헤치며
추억의 낡은 주전자처럼 끓고 있는
마음창고를 열고 나와 너
또다시 길로 뛰어든다

덜 미친 사랑처럼 그렇게 겁도 없이

아픈 가족

엄마
저 많은 엄마
쥐젖 가득한 겨드랑이가 이젠 간지럽지 않은 엄마
눈꺼풀 겨우 들어올리다가 긴 잠으로 돌아가버리는
중환자실의 엄마들

하늘 높이 쏘아올린 자식들이 흰 눈송이처럼 눈앞에 나타
났다 사라지는
짧은 면회가 서러우신지
눈 떠봐요
낯설지 않은 목소리들 들려도
손톱 닳도록 허공에 쓴 진한 사랑이었나
뇌 속에 피가 흥건한 엄마들이 입술만 달싹거리네

깜박깜박하시던 며칠 전, 한술 밥 뜨다 마시고
네 집이 어디냐 물으시더니
너는 몇째냐 물으시더니
기억을 파먹으며 자라는 벌레 한 마리 키우며
밥상 물리시고는 배시시 웃어버리시더니

그저 그만큼만 웃어달라는 가족이 곤히 잠자는 밤에
점점 지워지는 가족이 되어가는 엄마들이
저기 저 병상에서 한가위 보름달로 떠오르네

밥의 힘

가을이 가고 겨울 오는 길이 서늘합니다
며칠 동안 그 길에서 심하게 앓고 있습니다
한 마음과 한 마음 사이를 무사히 지나기가 어렵다고
몸에게 말해주는
신(神) 하나가 그렇게 서늘한 기운으로 지나갑니다
신열로 오르내리는 세상이
어쩌면 몸속에 남은 마지막 힘인 듯 제게 느껴집니다
계속 그 길 따라 걸어가면
집들이 서릿발 꼿꼿한 창문을 달고
겨울은 그렇게 얼어가겠지만
창문 너머 저기 저 부엌의
밥솥 안에서는
둥근 맨얼굴들이 송글송글 땀을 흘리고 있을 테지요
가을이 가고 겨울이 오면
한고비 넘긴 몸이
밥솥 안의 끈기처럼 밥의 힘을 믿는 사람과 함께
더 둥글게
또 한세상을 지나갈 것입니다

이삿짐 나르는 사내

굳은살 박힌 날개로 새 한 마리
지상에서 날아다니네
피아노를 나르고 낡은 장롱을 나르고
무게와 부피의 세계를 조종하며
날마다 쓰러질 듯 날아다니는 새 한 마리
한때 입대도 했었고
책상에 엎드려 잠만 자던 시절도 있었고
휘파람으로 응집되어 입속에서 맴도는 아버지와
부재하는 가족의 현존을 위해 아픈 시도 썼던
기억을 매달고
날마다 근육통 앓는 새 한 마리
서늘한 눈빛처럼 추운 골방에서
막노동의 마지막 단계에서
삶의 무게보다
삶의 가파른 호흡을 배워버리네
현실은
늘 등뼈가 쑤시지만
생각에 생각을 얹어가며
생각의 무게로 이삿짐을 나르는
사내 새 한 마리
먼 먼 하늘은 참으로 멀지만
그래도 힘차게 날아오르네

한 발짝 강가에서

한 발짝
한 발짝
강이 다가온다
강가에 긴 발자국이 생긴다
오래전에 잘라버린 탯줄처럼 길고 긴 시간이
지금 흐르고 있다

언제나
강이 강을 낳고
사람이 사람을 낳고
언제나
강이 강에서 멀어지고
사람이 사람에게서 멀어지고
언제나
강의 발길은 질기고도 슬프다
슬프고도 질긴 저 늙은 엄마처럼

늙은 엄마
강물에서 한참을 주무신다
늙은 엄마
잠꼬대하는 강가에서
오래도록 물결들이 한마디씩 불멸의 자장가를 불러준다

치통

입속에서 아작아작 씹어 꿀꺽 삼킨 한세상
또 한세상

입술처럼 부드러운 몸을 버린
다 쓰인 치아들이
겹겹이 쌓인 지층을 뚫고 나와
가지런히 놓여 있다
한세상 씹느라 어지간히 닳았다
여기저기 벌레 먹은 낙엽처럼 슬프다
저 땅속 뒤돌아보면 더 슬프다

한 입에서 떨어져나온 치아들
곱게 누워
없는 입 열어젖히며
눈부신 햇빛 아래서 아프단다
씹어 삼킬 세상도 없는데
씹힐 세상도 없는데
사는 일 다 끝났는데도
자꾸 아프단다

오래 밟힌 땅을 뚫고 오랜 시간을 견디어
마지막까지 살아남아
왜 아픈지도 모르는 아픈 치아가

아픔을 알고 싶어하는
세상

선사시대 발굴 현장에서
나는 내 치통을 앓는다

포말

사랑 따라서
당신을 향해 힘껏 달려왔습니다

당신은 천천히 그림자 속에 잠기고
갑자기 텅 빈 느낌이 들어
휘젓는 사방이
고요해지고

멈춘 시간 끝에
뭉클한 포말 하나가 생겼습니다

말도 못하고 곧 터질 것 같습니다

어떤 경지

따가닥 따가닥
황야에서 흙먼지 날리며
거칠게 살다가
양손잡이 최후의 총잡이들이
뒤돌아 쏘던 마지막 총알이
언제나 권선징악이던

그래서 무법자 많아도 걱정없던 서부활극의 결말처럼

아슬아슬하지만
희망이던

그 권선징악이 메아리치기를 메아리치기를 메아리치기를

밤을 질주하는 도시에서
따가닥 따가닥
어떤 말발굽 소리
내 심장의 착한 소리

뒷산 녹음

사람도 개도 지렁이도 몸이 다하면
혼이 되어
뒷산으로 간다

뒷산은 어느덧 녹음으로 무성하다
녹음은 아무 말없이 한줌 흙으로
몇 겹의 시간을 덮는다

사람은 사람대로
나무는 나무대로
가슴 먹먹한 새는 가슴 먹먹한 새대로
가도 가도 끝나지 않을
길은 길대로
이따금 낯선 발자국들을 맞으며
비석 박히는 소리를 들으며
한 가닥 한 가닥 푸르름 다시 피운다

뒷산에서 이 여름
죽도록 사랑했던 것들이
빛깔로 풀어진다

봄맛

누가 벗어던진 것일까
멀리서 온 살가운 햇살에 작은 운동화 한 짝
운동장 구석에서 낡은 몸이 구석구석 녹는다

동네 초등학교에 샛강 하나 흐르고

짧은 한평생 꼼지락댄 운동화 한 짝에
악보처럼 부드러운 날이 오고야 마는
봄

다시 돋아난 씀바귀처럼 쓰디쓴 시간을 먹어도
기억처럼 살아날 것은 살아나고
화석처럼 남을 것은 남고

그 길 따라 흐르다가

그 길 따라 흘러온 몸이
달이었다
그믐달이었다가 만월이었다가
그물 같은 시간에 스며들어 흐르면서
마지막에는
너 거기 있었니
깔깔거릴지도 모른다

내가 모르는 척해도 좋을
내 안에 잠겨도 좋을
참 많은 꽃잎들
필 때도 그랬고 질 때도 그랬고
내게 길을 내주었던
꽃잎들

가끔씩 돌이켜 시간을 낚으면
그물 혈관에 여전히 달이 흐르고
달 속의 물고기 웃음소리 들리고
당신도 그만 이야기 멈추고
그러면 먼 먼 끝에서
나 어설프게 서 있겠다

몸이 아는 그 길을

내가 걸어온 순간 순간들

그런데
아직도 흐르는 강물은 슬퍼 보이고
새떼가 지나가는 흔적은 아프게 그려지고
그 아래에서 또 상처처럼 물결은 흘러가고
그만 멈추어도 좋을 그런저런 까닭도 흘러가고

그러니 몸이 모르는 그 길
내가 걸어야 할 그 길 같아

시시포스 하나가

전쟁 같은 사랑
피 흘리는 시간들

한세상을 다하고
단풍처럼 물들어 낙엽처럼 떨어지는 시간들

그러나
한술 한술 주워 담는 신의 숟가락에 담기니
천만다행이다

시시포스 하나가 또 태어나도

빈틈

그 사람 죽었어
벼락이 가슴을 치는 날이 있다
내가 더 사랑해도 좋았을 그 사람
나에게 말없이 떠날 수 있었던 그 사람
그 사람 없이도 내가 살 수 있다고 생각한 그 사람이
죽었다

한 사람이 살다가 비 그치듯 사라지면
그 주위에서 한동안 들끓던 시간이 잦아들며
갑자기 고요해진다
지상의 고요는 그렇게 시작되기도 한다
살아남은 사람이
그 고요를
둥글게 둥글게 쓰다듬는다
그와 나 사이
빈틈이 없어지도록

그러다 봄날이면
영안실의 꽃처럼 뿌리 뽑혔던 그 사람이
말없이 새순 돋듯
빈틈으로
돌아오기도 한다

창문들

저 먼 것들을 보는 눈
언제나 있어왔네
인도의 서쪽
자이푸르에 가면
바람의 궁전이 있네
핑크빛 도시는 유물의 도시
벽장 속 작은 서랍들처럼 왕의 여자들
얼굴에 창문을 달고 벽에 매달려 살았네
보고 싶은
저 먼 것들을 보려고

금지된 외출 금지된 사랑 금지된 세상
밤마다 수많은 창문은
바람처럼 저절로 뚫렸고
저 먼 것들을 보는 눈
언제나 있어왔네
우리에게도 사랑이 상처 날 때마다
핑크빛 울음소리가 멀리서 들리는 밤의
바람이 있네
바람이 벽을 뚫고
벽이 만드는 창문 속에서
사랑은 저 먼 것들을 보고 싶어하네

무수한 창문들이
무수한 시간들을 뚫고 생기고
뚫린 창문들은 서로 다를 수도 있지만
또 같은 것일 수도 있네
이 길처럼
저 먼 것들은 여전히 멀리 있고
창문들만 서로 손잡고 함께 떠나네

미네랄워터

물이 없어요

녹슨 식도를 흘러
사는 동안 가슴속에서 부글거린
시간들
평생 불법공장 같은 몸속에서 살아준
기억들
때론 무지개를 토하는
희망들이 솟아나도록
내가 마시는 것은 미네랄워터

페트병에서 태어나 페트병에서 자라
페트병에서 쏟아지는
철철 쏟아지는 물, 물, 물

시간도 기억도 희망도 페트병에 담겨
한강을 둥둥 떠다니면
나는 물과 섞이지 못하는 미네랄워터
모래알 같은 마른 갈증이
물 위를 흘러요

물이 없어요
내가 마시는 것은 미네랄워터

사라지는 시간을 바라보는 시간

유성호(문학평론가)

1

　이사라 시인의 여섯번째 시집『훗날 훗사람』에는, 낡고 느
린 것들에 대한 가없는 애착과 관심, 삶의 유적(遺跡)들을
따라 존재론적 근원에 이르려는 시인 특유의 형이상학적 열
망이 느런히 펼쳐져 있다. 우리가 잘 알듯이, 그동안 이사라
의 시세계는 '사랑'과 '시간'이라는 키워드를 중심으로 곡진
하게 펼쳐져왔다. 특별히 네번째 시집『시간이 지나간 시간』
(2002)에서는 '시간'의 바닥을 정성스레 쓰다듬는 메타적 성
찰이 집중적으로 수행되었다. 그리고 다섯번째 시집『가족
박물관』(2008)에서는 여러 공간에서 다양한 '시간'을 살아
가는 것들과 만나 자신의 존재론적 전환을 섬세하게 꾀한
시인의 남다른 자의식이 잘 나타난 바 있다. 말하자면 옹색
한 현실을 자유롭게 떠났다가 오랜 시간을 통과한 후 다시 자
신으로 귀환하는 선순환 형식이 이사라 시편의 원형을 이루
어온 것이다. 이번 시집에서 시인은 느릿하게 낡아가는 '시
간'을 더욱 깊어진 시선으로 들여다봄으로써, 이러한 자신
의 시학적 흐름을 견고하게 이어간다. 물론 이러한 지속성
과 심화 과정은 특정한 담론적 기획에 의한 외부적인 것이
아니라, 시간의 결을 따라, 마음의 움직임을 따라, 몸의 기
울기를 따라, 자연스럽게 그녀 시편을 구성해온 철저하게
내부적인 것이다. 느릿하게 사라지는 시간을 바라보는 시
간이, 그 지속성의 힘으로, 이번 시집 가득 출렁이고 있다.

2

대체로 우리는 '시간'을 객관적인 물리적 실재가 아니라 주관적인 사후적(事後的) 흔적으로 경험하곤 한다. 그래서 시간은 사람마다 다른 경험과 기억 속에서, 더러는 신(神)의 섭리로, 더러는 역사의 진행으로, 더러는 삶의 구석구석에 존재하는 일상성의 표정으로 다양하게 재구성된다. 그만큼 한 편의 시 안에 구현된 시간은 작품 내적으로 재구성된 예술적 시간이다. 대개의 시인들은 이러한 시간 구성을 통해 존재의 근원으로 역류하기도 하고, 자신의 경험적 구체성을 각인하면서 이제는 그 시간을 되돌릴 수 없다는 생각에 상도(想到)하기도 한다. 다음은 이러한 사후적 흔적으로서의 '시간'에 대한 깊은 사유와 감각을 보여주는 가편(佳篇)이다.

검버섯 피부의 시간이 당신을 지나간다

시간을 다 보낸 얼룩이 지나간다

날이 저물고 아픈 별들이 뜨고
내가 울면
세상에 한 방울 얼룩이 지겠지

우리가 울다 지치면
한 문명도 얼룩이 되고

갓 피어나는 꽃들도 얼룩이 되지

지금 나는
당신의 얼룩진 날들이 나에게 무늬를 입히고
달아나는 걸 본다
모든 것을 사랑하였어도
밤을 떠나는 별처럼 당신이 나를 지나간다

그러다가 어느 날
사라진 문명이 돌연 찾아든 것처럼
내 벽에는 오래된 당신의
벽화가 빛나겠지

천년을 휘돈 나비가 찾아들고

다시 한바탕 시간들 위로 꽃잎 날리고
비 내리고 사랑하고 울고 이끼 끼고

나의 얼룩도
당신처럼 시간을 지나가겠지

"얼룩"이란, 일정한 시간을 사이에 두고 '현존/부재'를 동시에 증명하는 물리적 표지(標識)이다. 한때 엄연히 현존했던 것들이 사라지고 남긴 부재의 흔적이 "얼룩"이기 때문이다. 그 "얼룩"을 남긴 힘은 "검버섯 피부의 시간"이었을 것이다. 그렇게 시간도 얼룩도 당신도 모두 지나가고, 날이 저물고 아픈 별들이 떠오르면, 그 지나감과 저묾과 아픔과 울음으로 세상에는 "한 방울 얼룩"이 진다. 마치 울음의 끝처럼 "문명"도 "꽃"도 모두 "얼룩"이 되어가는 것이다. 그러니 당신도 "나"를 지나가면서 "별"처럼 남을 뿐이다. 사실 우리가 바라보는 밤하늘의 '별'이란 별 그 자체가 아니라 오래전에 지상으로 내쏟아진 별빛 곧 '별의 얼룩'이 아닌가. 아마 지금은 그 별빛도 사라졌을 것이다. 그 순간 "당신"의 벽화가 오랜 시간 속에서 빛나고 그 시간들 위로 "나비"와 "꽃잎"과 "비"와 "이끼"처럼 "나의 얼룩"도 오랜 시간을 통과해갈 것이다. 그러니 비록 "당신"이라는 존재가 사라졌다 하더라도 그는 반드시 돌아와 "내 안에서 저 멀리/ 수평선처럼 하나의 금으로 남아 있을"(「그 애인」) 것이다. 이처럼 이 시편의 술어군(群)을 이끌고 있는 '지나가다'라는 동사(動詞)는, 이행과 소멸을 동시에 함의하면서, 이 시편으로 하여금 끝없이 사라지면서 남겨지는 흔적으로서의 시간에 대한 깊은 사유와 감각을 노래하게 한다. 그 결과 "얼룩"은 "마치 오천 년 전의 은팔찌 하나가/ 박물관 속 낙조 같은 조명 속에서/ 오늘을 껴안는 것처럼"(「낙조」) 지금도 시인 내면에 깊이 남아 있는 것이다.

대리석 바닥을 문지르고 간 사람들이
사라진 뒤
한낮의 유적지 돌바닥이 반질반질하다

한참을 살다가 사라진 사람 대신 돌바닥이 윤이 난다
또하나의 빛이 바닥에서 올라온다

뒤늦게 드러나는 것들
살다보면 이렇게 보인다
바닥을 사랑하다보면

하늘 어디선가에서 굴러떨어진 듯
오래된 기둥들이 척추이기를 포기하고
붉은 번호로 낙인 찍혀
시간의 사체처럼 누워버린 것들도 보이고
언젠가 부활하게 될 붉은, 핏빛의 여유로운 숙면

오랜 세월의 혀끝은 쓰다
뭉클하게 써도

사라진 것들이 돌아올 길에서
몸을 쓰다듬는 부드러운 빛이
내게도 서서히 다가오는
이런 날

우리가 발바닥으로 느끼며 살아야 할 이유가 있다
                        —「유적지 돌바닥을 걷다」전문

이 시편에서 이사라 시인은 오랜 유적의 감각을 통해 묵시
(默示)적 이미지들을 선연하게 욕망한다. 그녀는 한 유적지
에서 "대리석 바닥을 문지르고 간 사람들"이 사라진 후 돌
바닥의 반질반질한 감각을 찾아낸다. 이는 "사라진 사람"들
의 감각을 선명하게 재생시키면서, 빛이 바닥에서 올라오는
것처럼 "뒤늦게 드러나는 것들"의 모습을 형상적으로 잘 보
여준다. 그렇게 "바닥을 사랑하다보면" "시간의 사체"처럼
누워버린 모든 것이 하나하나 보이기 시작할 것이다. 여기서
"바닥"이란 존재의 깊은 '바닥(basis)'이자 더없이 낮은 '바
닥(bottom)'의 이중적 함의를 거느린다. 그 "바닥"으로 인
하여 모든 존재가 가능한 것이고, 그때 "바닥"은 가장 오래
된 시간을 공간적으로 은유한 것이 된다. 여기서 다시 한번
우리가 "발바닥"으로 살아야 할 까닭이 제시된다. 이 시편
에서는 이처럼 대리석 "바닥"을 밟는 "발바닥"에 전해져오
는 선명한 감각이 '유적(遺跡/流謫)'의 의미망을 풍부하게

해주고 있고, 묵시적 이미지에 얹힌 "언젠가 부활하게 될 붉은, 핏빛의 여유로운 숙면"이 아득하게 번져온다. 마땅히 이러한 유적에는 "기억처럼 살아날 것은 살아나고/ 화석처럼 남을 것은"(「봄맛」) 남게 될 것이다. 그리고 비록 "지금은 흔적도 없어진"(「옛 공터」) 곳일지라도 우리는 "무너진 유적 근처에서 텅 빈 마음이 헐렁하게"(「낯선, 오래된 카페」) 흘러가는 모습을 보게 될 것이다. 그 유적의 "바닥"을 "발바닥"으로 순례하는 시인의 모습이 가열하기만 하다.

　이렇듯 이사라 시인은 지속적인 삶의 유동성에도 불구하고 그 유동하는 현장이 바로 자신의 존재론적 기원(origin)에 맞닿아 있음을 절절하게 느끼고 있다. 이러한 유동성 이미지는 명료한 질서(cosmos)보다는 깊은 혼돈(chaos)을 선택하여 그것을 자신의 기억 속에 배치하려는 시인의 남다른 미학적 욕망을 암시한다. 그리고 유목적 감각을 묵시적 이미지로 전이시킴으로써 시인은 자신의 시편들로 하여금 평범한 환상 시편으로 떨어지지 않게끔 하고 있다. 결국 이사라 시편의 무게중심은 '얼룩/유적'이라는 대위적(對位的) 운동, 예컨대 '머묾(남음)/떠남(사라짐)' 같은 '정착/유동'의 이미지 운동을 역동적으로 치러냄으로써 '시간'에 대한 자신만의 독자적 시선을 첨예하게 보여주고 있다.

3

또하나, 이번 시집에서 이사라 시인이 주목하는 움직임은 '낡아감'에 있다. 여기서 '낡아감'이란 부정적 절멸을 뜻하는 것이 아니라, 소여된 시간을 매듭짓고 새로운 의미로 생성하려는 역설적인 것이다. 비록 한시적 조건 속에서 모든 것이 "뒤꿈치 내려앉는 신발들처럼 낡아"(「문병」) 사라져가지만, 그것은 "낡아가는 엄마들이 지켜온/ 부엌"(「밤새」)처럼, 모두에게 소중하게 남은 그 무엇이 아닐 수 없다. 당연히 '낡아감'의 움직임을 담아내는 시인의 시선은 사실적 재구(再構)에 공을 들이기보다는 일종의 환영(illusion)을 동반하는 복합적 국면에 관심을 할애하게 된다. 그 환영을 통해 삶의 상처에 대한 몸의 기억들을 순간적 잔상(殘像)으로 점화(點火)함으로써, 시인은 상처와 예술이 맺는 필연적이고도 유추적인 연관성을 첨예하게 보여준다. 아닌 게 아니라 이사라 시인은 오랜 시간 겪어온 상처들을 심미적으로 구성함으로써 그것을 상상적으로 치유하거나 재확인하려고 한다. 그 점에서 고통의 미메시스는 그녀가 택하는 예술 창작의 제일 원천이라고 할 수 있다. 그녀는 자신의 삶에 각인된 상처들을 통해 자신의 정신적 기원과 현재형을 함께 탐색하면서 자신만의 원체험을 선명한 감각으로 몸에 남긴다. 원래 '감각'이라는 것이 외적 자극과 내적 파동이 만나 태어나는 것이니만큼, 이러한 감각적 원체험은 새로운 외적

충격에 대해 원형적 반응을 보일 준비를 갖춘 시인의 항상
적 수원(水源)이라 할 만한 것이다. 그렇게 몸속 상처에 대
한 기억과 치유 과정은, 시인이 치열하게 치러내는 세계내
적 존재로서의 고유 형식이라고 할 수 있을 것이다.

몸도 한때는 탱탱한 나무였다
그 속에서
잎사귀 한 문장 한 문장을 이어
책 한 권을 피우기도 했다
한 오백 년
책갈피 갈피 햇살과 빗물이 스며들듯
주름 같은 나이테
낡아가는 몸에 새기고
차츰
오래된 것도 버릴 수 없는 사람들처럼
숲을 뒤지며 헤매는 날들이 간다

어느새
한 그루 나무가 뼈 숭숭 뚫린 잎을 무성히 달고 서 있다

골목은 막다른 골목으로 이어지고
이제 헌책방 가는 길로 접어들어
닳고 닳은 사람의 지문들이

몸속에서 조용히 웃는 날이 오리라

그럴 즈음
생의 깊이를 알 듯 말 듯
헌 몸이 빛이 날까

오래 기다린 사람과 만날 날이 오고 있는 것이다
　　　　　　　　　　　　　―「낡은 심장」 전문

　"한 그루 나무"로 비유된 존재는 한때 탱탱한 채로 잎사
귀를 문장 삼아 책 한 권을 피우기도 했지만, 이제는 오랜
시간이 지나 갈피마다 "주름 같은 나이테"를 낡아가는 몸에
새긴 채 서 있다. 그는 뼈마디가 숭숭 뚫린 잎을 무성히 달
고서 오래된 것도 버릴 수 없는 존재가 되어버렸다. 그리고
이제는 막다른 골목 헌책방으로 가는 길에 접어들어 "닳고
닳은 사람의 지문"을 몸에 새기게 되었다. 그때 "오래 기다
린 사람과 만날 날"에 대한 예감과 기대가 찾아오면서, 그
는 아무도 닿지 못했던 "생의 깊이"에 가닿는다. 비록 낡고
헐고 닳은 시간을 통과해온 "낡은 심장"이지만, 그것은 오
래 기다린 사람들과의 만남을 예감한다는 점에서 충분히 새
로운 현재형으로의 뜨거움과 강렬함을 지니는 것이다. 그래
서 시인은 비록 우리 삶이 "오래도록 그렇게 낡아"(「섬」)가
는 "탈신(脫身)의 현장"(「어떤 나라」)일지라도, 자신의 몸

125

속에서 일렁이는 "심장의 착한 소리"(「어떤 경지」)를 들음
으로써 자신의 상처들을 심미적으로 치유해갈 수 있을 것
이다. 그러한 아름답고 애잔한 마음들이 다음 시편에도 일
렁이고 있다.

　　수동 휠체어가 느릿느릿 건물 밖으로 나온다
　　바퀴만 보이고 사람은 희미하다

　　세상 끝자락을 움켜쥔 바퀴 속에서
　　희미한 사람이
　　커다란 꽃무늬 모포를 어깨에 뒤집어쓰고
　　이승에 간신히 실려 있다

　　모포 속에서 꽃은 저 혼자 피었다 졌다
　　수천 번의 시간을 보내며 뭉개지고 있다

　　다 뭉개진 꽃 그림자 같은 그녀가
　　외출을 한다
　　낙조가 시작된 지 오래
　　겨울도 시작된 지 오래
　　다만, 오늘, 잠시나마
　　집으로 가려는 것인데

어릴 적에는 예쁜 처녀였고
한때는 집의 여제였고
지금은 구립노인요양원 소속의 휠체어를 탄 그녀가
집 아닌 집에서
눈을 뜨고 감고
낡은 몸이 강물처럼 흐느적거리던 지난 몇 해를 기억
이나 할까

오늘은 크리스마스이브
외출허가증을 받은 그녀가
한줌 흰 눈으로 내리는 저녁

얼마나 오래 걸릴지는 몰라도
누군가 휠체어 속에서 그녀를 끝내 발굴해내기까지
그녀는 침묵으로
놓칠 수 없는 손아귀 속의 바퀴를
굴리고 또 굴리는 것인가
                    ―「어떤 바퀴의 외출」 전문

　이번 시집에서 출렁이는 시간들 가운데 우리는 어머니의
투병 기록이자 시인의 간병 기록이기도 한 시간을 가장 먹
먹한 마음으로 바라보게 된다. 이 시편 속에 담긴 느릿느릿
한 "수동 휠체어"는, 희미하고 뭉개진 세월을 안은 한 여인

의 마지막 생애를 고스란히 담고 있다. 이제는 세상 끝자락을 움켜쥐고 있을 뿐인 휠체어 바퀴는 "다 뭉개진 꽃 그림자"처럼 수척한 "그녀"와 함께 외출을 한다. "낙조"도 "겨울"도 모두 소멸의 징후를 암시하는 가운데, 그 추운 일몰 시간에 잠시나마 집으로 돌아가려는 수동 휠체어 바퀴 앞에서 "그녀"의 기억은 시간을 역류하여 가고자 한다. 그러나 한때 예쁜 처녀였고 한집의 여제였던 "그녀"는 요양원 휠체어를 탄 채 "집 아닌 집"에서 낡은 강물처럼 흘러갈 뿐이다. 이때 바퀴의 외출은 그녀가 생애 마지막으로 자신의 '얼룩'을 남기는 시간적 상징 제의를 뜻한다. 어느새 그녀가 한줌 흰 눈으로 내리는 저녁, 시인은 누군가 오랜 시간 후 발굴해낼 그녀의 얼룩을 상상한다. 그렇게 "기억을 파먹으며 자라는 벌레 한 마리"(「아픈 가족」) 키워온 한 여인의 "어둠 속의 어둠"(「밤마다」)을 기록하면서, 이사라 시인은 삶과 죽음, 병고와 치유, 기억과 망각에 대해 묻고 쓰고 사유한다. 그때 "다시는 돌아가지 않을 그 길의/ 한순간"(「회복중이다」)이 선명한 기록으로 남은 것이다.

결국 이사라 시편에 들어앉아 있는 모든 낡아가는 것들은, 고유한 아픔과 기억을 몸에 각인하면서, "낡은 심장"처럼, '휠체어 바퀴'처럼, 희미한 잔상을 남기고 사라져간다. 그 사라짐 뒤로 생의 비의(秘義)와도 같은 아릿한 순간들이, 반짝, 얼룩처럼 번져온다. 애잔하지만 아름다운 삶의 흔적들이 아닐 수 없다.

4

　마지막으로 시인은 '느림'에 대하여 사유하고 표현한다. "긴 속눈썹이/ 닫히고 열릴 때마다/ 우리 안에 있던/ 고삐 매인 소들 느릿느릿 사라진"(「우시장 속눈썹」) 풍경에 대한 묘사에는 시인이 집중적으로 탐색해온 "오랜 시간"(「물든 생각」)과 "저 먼 것들을 보는 눈"(「창문들」)이 함께 박혀 있다. 그 느릿한 리듬을 따라 우리의 생도, 죽음도, 사랑도, 이별도 서서히 움직이기 시작한다. 그렇게 시인은 '느림'의 물질성을 일관되게 굴착하고 채집하고 형상화한다. 이러한 지속적인 지향은 그녀가 사라져가는 것들을 한결같이 옹호하는 데서 더욱 선명하게 드러난다. 정중동의 느리고 고요한 흐름을 통해 그녀는 "느린 이별"을 완성하는 것이다.

　　또 한없이 느리게 햇살이 복도에 머문다
　　시간은 사라진 지 오래고
　　복도의 어디에도 복도의 그림자는 없다

　　기다랗고 물기 없는 바게트를 손에 쥐고
　　느리게 빵을 뜯으며
　　게처럼 복도를 걷는다

　　햇살이 펼쳐놓은 복도 속으로

빵과 함께 들어가서
복도를 품으면
사라진 시간이 돌아올까?

해 질 무렵부터
집은 저 복도의 끝 어딘가에서 혼자 부풀겠지
병원은 저 복도 끝 어딘가에서 혼자 부풀겠지
복도도 그렇게 또 햇살을 건너가겠지

햇살이 주무르던 모든 것들 멈추고
세상은 밤새 발효가 시작되고

사랑해서
하루라도 못 보면 안 될 것같이
마치 그렇게 하다보면 정말 만날 수 있는 것처럼
느리게 정말 느리게
사랑이란 말 정말 느리게
안녕히 가라는 말 정말 느리게

시간이 사라진 복도에서
게걸음으로 느리게
더 느리게 헤어지는 우리들

—「느린 이별」 전문

이 시편은 "오래 밟힌 땅을 뚫고 오랜 시간을 견디어/ 마지막까지 살아남아"(「치통」) 있는 존재들을 위한 노래에 비유할 수 있다. 그것은 "사는 동안 가슴속에서 부글거린/ 시간들"(「미네랄워터」)을 넘어 "사랑하는 사람을 읽고"(「곡기」) 또 읽으며 다가가는 고독과 사랑의 노래이기도 하다. 머물던 햇살도 느려지고 그림자도 사라진 지금, 시인은 사라진 시간들이 돌아와 자신의 기억을 되살려놓을 것을 상상한다. 해 질 무렵, 집도 병원도 혼자 부풀고 햇살이 주무르던 것들도 일순 멈추면, 세상은 서서히 발효를 시작한다. 그렇게 삭아 천천히 사라져가는 시간 속에서는 "사랑"도 "안녕"도 정말 느리게 할 수밖에 없다. 그 "느린 이별"을 통해 우리는 사라져간 것들과 다시 만난다. 이처럼 시인은 느리게 헤어지는 시간 속에서 사랑과 이별의 순환과 반복이야말로 우리 삶을 구성하는 호환할 수 없는 비애의 조건임을 노래한다. 느릿하게 서서히 퍼져가는 발효의 힘이 복도를 지나, 집과 병원을 지나, "정말 느리게" 한세상을 건너고 있는 것이다. 이러한 느릿한 '사랑'과 '헤어짐'과 '만남'의 순환 과정은, 시집 표제작인 「훗날 훗사람」에 이르러서는 "소리의 끝에 매달린/ 속말들"을 통해 "떠난 사람이/ 훗날 훗사람이 되어 오리라는 것"에 대한 간절한 소망으로 몸을 바꾸기도 한다. 그래서 시인은 "느린 이별"이 영원한 헤어짐이 아니라, "훗날 훗사람"이 다시 태어나기를 바라는 고요한

열망의 과정적 매듭이었음을 보여준다. 이러한 과정적 매듭
으로서의 "느린 이별"은, 다음 시편에서 그녀만의 고독하고
아름다운 '시쓰기' 과정으로 변용되기도 한다.

그 사람 죽었어
벼락이 가슴을 치는 날이 있다
내가 더 사랑해도 좋았을 그 사람
나에게 말없이 떠날 수 있었던 그 사람
그 사람 없이도 내가 살 수 있다고 생각한 그 사람이
죽었다

한 사람이 살다가 비 그치듯 사라지면
그 주위에서 한동안 들끓던 시간이 잦아들며
갑자기 고요해진다
지상의 고요는 그렇게 시작되기도 한다
살아남은 사람이
그 고요를
둥글게 둥글게 쓰다듬는다
그와 나 사이
빈틈이 없어지도록

그러다 봄날이면
영안실의 꽃처럼 뿌리 뽑혔던 그 사람이

말없이 새순 돋듯
빈틈으로
돌아오기도 한다

　　　　　　　　　　　　　—「빈틈」 전문

　낡아가고 사라져가고 느릿하게 남는 것들은 모두 "빈틈"
을 남긴다. 한 대상을 향한 열정적인 사랑도, 사랑했던 사
람의 불가피한 죽음도 마찬가지일 것이다. "그 사람"의 죽
음을, 더 사랑해도 좋았을 한 사람과의 이별을, 시인은 벼
락이 가슴 치듯 하는 통증으로 바라본다. 한 사람이 살다가
종내 사라지는 불가항력의 시간, "한동안 들끓던 시간"도
잦아들고 사람들은 남겨진 고요만 둥글게 둥글게 쓰다듬는
다. 그 고요하고도 둥근 손길을 따라 "그와 나 사이"의 빈
틈도 사라지고, 꽃처럼 사라졌던 "그"도 다시 빈틈으로 돌
아올 것이다. 그리고 그가 돌아온 그 "빈틈"은 바로 시인이
남긴 존재의 "얼룩"일 것이다. 그러니 '얼룩=빈틈'이란 이
사라 시인에게 결국 '시(詩)'가 아니었겠는가. 그녀는 생애
내내 "흔들렸던 기억"(「밥숟가락」)들을 하나하나 길어올려
그렇게 자신만의 "얼룩"으로, "빈틈"으로, "시"로 새기고
있다. 결국 이번 시집에서는 "훗날 훗사람"을 기다리고 새
기고 열망하는 시인의 마음이 그렇게 아름다운 "얼룩"으로
번져나오고 있는 것이다.
　지금까지 우리가 읽어온 것처럼, 이사라 시인은 "눈빛 속

에 사람을 심는 예술가"이자 "결이 보일 때까지 느긋하게
살면서/ 사람결을 만드는"(「결」) 장인(匠人)으로서의 진면
목을 유감없이 보여주었다. 깊은 존재론적 근원에 대한 탐
색과 형이상학적 전율을 동반한 채, 사라지는 시간을 바라보
는 시간을 아름답게 펼쳐낸 것이다. 그 사라짐 뒤로 틀림없
이 글썽이고 있을 그녀의 '고독'과 '사랑'과 '이별'과 '열망'
이 이내 "얼룩"과 "빈틈"이 되어 절절하게 스며들고 있다.

이사라　1953년 서울에서 태어나 이화여대 국문과와 동대학원 국문과를 졸업했다. 1981년『문학사상』에「히브리인의 마을 앞에서」외 6편을 발표하며 등단했다. 시집으로『히브리인의 마을 앞에서』『미학적 슬픔』『숲속에서 묻는다』『시간이 지나간 시간』『가족박물관』이 있다. 대한민국 문학상을 수상했다. 현재 서울과학기술대학교 문예창작학과 교수로 재직중이다.

문학동네시인선 039
훗날 훗사람
ⓒ 이사라 2013

1판 1쇄 2013년 4월 17일
1판 3쇄 2022년 1월 31일

지은이 | 이사라
책임편집 | 김형균
편집 | 김민정 김필균 강윤정 유성원
디자인 | 수류산방(樹流山房) 본문 디자인 | 유현아
마케팅 | 정민호 이숙재 박보람 한민아 김혜연 이가을 안남영 김수현 정경주
        이소정
브랜딩 | 함유지 김희숙 함근아 정승민
제작 | 강신은 김동욱 임현식
제작처 | 영신사

펴낸곳 | (주)문학동네
펴낸이 | 김소영
출판등록 | 1993년 10월 22일 제406-2003-000045호
주소 | 10881 경기도 파주시 회동길 210
전자우편 | editor@munhak.com
대표전화 | 031) 955-8888 팩스 | 031) 955-8855
문의전화 | 031) 955-8895(마케팅), 031) 955-2679(편집)
문학동네카페 | http://cafe.naver.com/mhdn
북클럽문학동네 | http://bookclubmunhak.com

ISBN 978-89-546-2121-2 03810

www.munhak.com

문학동네